诗 集｜
REN SHI HEN CHANG
REN SHI YI YUAN

阿 翔 著

过早看到结局了，事到如今
丢失他的白色的帽子。

异地的月亮，列车在终点生锈
声音碾碎黄得发脆。

午后缓慢追忆
蜗牛遗迹

西北王陵
幼年苍耳。

人世很长
人时已远

文汇出版社

图书在版编目(CIP)数据

人世很长，人时已远 / 阿翔著. —上海:文汇出版社, 2018.6
ISBN 978-7-5496-2649-6

Ⅰ.①人… Ⅱ.①阿… Ⅲ.①诗集–中国–当代
Ⅳ.①I227

中国版本图书馆 CIP 数据核字(2018)第 138795 号

人世很长，人时已远

著　　者 / 阿　翔
责任编辑 / 紫　田
出版策划 / 力扬文化

出版发行 / 文匯出版社
　　　　　　上海市威海路 755 号
　　　　　　(邮政编码 200041)
印刷装订 / 成都勤德印务有限公司
版　　次 / 2018 年 6 月第 1 版
印　　次 / 2018 年 6 月第 1 次印刷
开　　本 / 880×1230　1/32
字　　数 / 160 千
印　　张 / 8

ISBN 978-7-5496-2649-6
定　　价 / 28.00 元

目录 CONTENTS

旅　程

一

天黑之前，再次坐到了火车
从桥上驶过
接着沉默
长时间的恍惚。

而在比北方更远的异乡
多么孤独啊，那不曾说出的
无边无际的辽阔，偶尔一只白鹭低低地
飞过。

二

石景山
房山
通州
朝阳

大兴

这些我几乎
一无所知
都要在地铁一路贯穿

有时中途下车：迟疑，惶惑，迷路
有时醉眼朦胧：人群汹涌，漫天黄昏。

三

风吹过我，北京的风真大
我醉卧街头

一个人喃喃自语：

"给我一只耳朵，让我死在声音里
让我死在达达的马蹄声。"

四

风只是吹过了我
在傍晚
最初的时刻是沉默寡言
怀念一个处女和爱情
另一些人说

多么轻啊
对你而言，一个少年永不归来
那无尽的厌倦，没有人看见我的眼泪
直到火车远远穿过了平原。

五

现在，天空暗了下来，那些没有面孔的人
我记不住他们，我是多么惭愧
启程到这个地步
真的有点累了，在我昏昏欲睡的时候
风吹木窗，咣当咣当地响
这可怕的寂静。

六

我只是从你身边走过，有些眩晕
宽大的黑衣随风飘动
我珍惜我要说出的一切。

如果再远一些
你会看见一座房间
挤满可能要出现的人。

七

青梅煮酒啊快意江湖
大河上下啊顿失滔滔

拔剑茫然四顾，一片叶子缓慢地落下来
炉火还积聚着冷
那么短暂

所有的门都打开
仿佛长廊空无一人。

八

乘坐 2 号线，在四惠转乘八通线，到了通州北苑
再坐公交 2 路车，你会看见宋庄镇
接着穿过 S 行路，在喇嘛庄下车
去巷子找 96 号门房
你会认识
苏非舒
孙轶
他们是一对夫妇。如果可能，你会见到
木桦在拍戏
还有一头长发的横，然后顺着他们的指引
我，坐在田埂边发呆。此刻，傍晚围住了村庄。

九

我目睹了他们的吵吵闹闹
这种窒息
用不了多久，声音系着一只苍蝇
我控制不住呕吐，外面下雨了
"这样是好的，未曾经历的事物
尚未开始。"
那时是星期日
再过五分钟，大马绝尘而去，一个人在山顶
远望浮云。

十

更多的下午逐渐变得坚定，安静下来
关节炎慢慢地疼，像是黑的
遮不住自己。

妹妹弯下腰，花儿开
妹妹无限柔软，花儿跳。

十一

两只白猫在房檐上行走，不发出半点声响
亲爱的，你看，火车在秋天准时出发了。

我丢失了一些东西，仿佛手写体
丢失了爱情
我说，耻辱啊耻辱。

那不曾说出的秘密：多年前，身披木棉袈裟
如今做蒙面强盗，终日杀人不断。

十二

我站在门前，雨落下来，断断续续。
这里居住着
艺术家，混子，信徒
和僧侣。

有时，我看见你的手指
微微碰了叶子一下。

十三

我和僧侣有过对峙，他的神情萧索
然后擦肩而过，谁也不知道
他去了什么地方
在那个午后
秋天的风戛然而止。

十四

这个早晨容易醒来，阳光落在院子
门，慢慢打开，需要足够的耐心
我坐在阴影下
想起吉首，带着莫名的悲伤。
这个时候你还酣睡，发出柔弱的鼾声
仿佛在海里梦见了
纯得见底的蓝。

十五

多年以后，你知道，我将会慢慢衰老
再没有力气种下一棵新树，只会躺在椅子上
一本书滑落下来，惊动蜻蜓的翅膀
我甚至不会记得我曾在喇嘛庄
居住过一段时光。

十六

你可以从窗口看过去，一辆2路车开过来
又一辆2路车驶过

周而复始

远处的那个树林，静静的，许多鸟停在枝上
一动不动，直到暮色将至。

十七

给我两年时间，不用担心，在杜鹃红透遍山
我带着一匹小马会回来的。
如果你没有等到我回来，那么不用担心
在那清澈的凌晨
我已客死异乡。

十八

现在我无所事事，一个人早已浑身冰凉。

不关风月
也不伤春

青海和天空懒散一片，不结冰，不流动，大耳垂何
　其颓废。

十九

要知道，可以一日无肉
要知道，不可一日无酒。

下雨的时候我喝酒。

我沉浸，潦倒，喊叫，摔碎，只有风吹来倦怠的
  空虚

雨水洗掉树叶表面的灰尘。

二十

你要记下来，我住在很远的地方

白天出去

夜晚醉醺醺回来。

你更要记下来，在这很长的路程中，我曾经凝望

路边那白色的花

微微浮起的

轻风。

二十一

这时候沉默下来，可以听见树林和流水

你的身躯

有那么多的白。

在早晨

在正午

在黄昏

养在瓶子里的野菊已经谢了
那些香气
使你的呼吸柔软。

二十二

在寂静里慢慢躺下
在黑暗里。

终其一生，暮色中虫声唧唧，大地越空旷越辽远
燕子成群结队
越飞越低。

二十三

用整个夜晚做梦，它们都有清凉莫名的秋天
枝繁叶茂

有时听到她的窸窣之声。

如果走不动了
剩下的前途留给还未降临的孩子。

二十四

是多么明媚的下午，令人恍恍惚惚。

是秋天。

是在一个地点，靠着旧木头。
是崩溃。

是我们不曾经历的一次车祸。
是活着才能想起
或遗忘。

是会疼的身体，让你带走叶子茂盛。
是一句说错的话，有时干净利落
有时无数次反复。

二十五

他们陆陆续续住进和平街十五小区。

像我一样喝酒。
像我一样骂娘。
像我一样拍大腿。
像我一样呕吐。
像我一样击壤。
像我一样趴着睡了。

最后他们厌倦了，陆陆续续离开了。

黄昏如期而来，还是像我一样，只剩下凌乱的被
　褥、没清洗的碗筷
和冰冷的空屋。

二十六

现在我不需要奔跑，过度地吃喝
导致身体肥胖。

让生活缓慢下来。火车在黄昏时经过
我抬了抬眼皮，懒散地
仿佛视而不见。

那时天气凉了，我和他们走着，步子有些不协调。

二十七

她的发育尚需时日，我从来没有把握把她说服

她只是过去的，不可追寻的
摘下一片小树叶。

孤独时，牵马迈过一条河流，去问问乳房。

二十八

我躺在花丛里，这一时间的恍惚，继而昏昏沉睡
昨日，花已经更远。

在更高处，俯瞰来时的路
一个人不能走得太久。

如微曛里的无边落木，任其萧萧下。

晚景，或偶尔想起河南平顶山

我就这样呆坐着
听那些声音，削一只苹果
像童年的食物
不开花，继续下坠。
这有什么困难，门反复被拉开
又合上。
她漏下，一支曲子的低音
外面在下雪，洗净身子更纯粹一些
或者太真实
只能隔着玻璃
她是不容易安睡的。
吐出肺里的灰尘
我看见了空气，我说痛，我说背叛。
无论如何
起身移开了一点
一些人从铁轨上跑过来，他们隐隐闪现。
今天夜里三点多
变得更黑，风吹了过来

偶尔想起河南平顶山。如果成为
别的样子，我的悲伤
在暗中谁也没有看见。直到树叶跌落
电话铃声再度响起
蜡烛静静闪动。

谎言：悲情城市

这么晴的早晨竟然这么冷
我发抖，咯噔，我在下沉
感到坍塌，和废墟
爬上背脊
我继续下沉
仿佛多年前的病症重归内心。现在我醉了
昨天的报纸，水漏进窗子里
"做爱的时间，我听到另一种声音"
我只是想看看你
悲情城市。
假的，谎言，在反复缠着
我的耳朵
聚集着，排列，恍惚
沉默，爱着，这里的树木、建筑和灯
微阴的冬天在颤动
四处繁衍细菌和苍蝇，你涂污了一张纸。
所有的人都是彼此陌生的人
我找不到你，我梦在一个远方的梦里

寂静
房间，家，身体，载着我们离去
像那么疾速的光，一只小小的黑蚂蚁
在无边的旷野上行走
一个人，慢慢走过。

动　摇

这一天不可避免，许多事情
接踵而至。
你浑身发抖。
经过阴影
突然间小腿一阵阵地疼。
我告诉过你的，最近
我的反应越来越慢
慢得快要抓不住
自行车的手把。挺远的这一切
我无法去想象它
就像断断续续的今天的晚餐
最后总有一点距离。
水很深了，遇到的问题全部是变态
是报应，是有趣
是扯淡，"不说了，就当你知道吧。"
如果可能的话
他们一个个在你身边出现
灯光亮起来

他们会交叉走动。
之后整整一个冬天
广场上的大靠椅，我一直就这么认为
它会在夜里
飞起来。

预　感

在前半夜，偶然读到顾城的诗："零点的鬼
走路非常小心。"

转过身来。她睁大眼睛，然后睡了
梦见草叶慢慢越来越少。

衣衫上绘着云烟，还有些气味
怀抱着几本书
风吹走了铁屋子。

空空的楼梯口，像是挤满了人。

所有美好的都已美好过了

她甩头发。偶尔抬头，看风是不是停了
紫色
发出一小会儿的声音，很轻也
很慢
叶片在手指间，轻柔，泛黄
就像阳光一样发生。

猫坐在窗边上，下边白晃晃的绳子。
先是咳嗽，跺着脚
扬起一些灰尘。
水渐渐满起来
还有这么小的几只小虫子
如果一不小心就会发霉烂掉

她去了许多地方
唱过许多歌
那时花开，回忆，某一时刻
它已经消失了

朝相反的方向，在夜晚

下着很大的雨。

小 抒 情

郑州的丰庆路，让一切行走都慢下来
四十五度酒精，不停地举杯，论英雄，出来，然后
    再进去
菊花满地。

呵，有时候我抓不住醉的感觉，还有他们
一个或者几个。
有病的身子摇晃
说出的话，都是虚妄，这里或那里，比牙齿还硬。

现在，我从未想过
他们的脸模糊一片
窗户外消散着铁的空气，心地荒凉。
瞧，这是郑州，一个人的后半夜，从一场
细雨开始，好像有些事情无例可循。

宁愿子虚乌有

风比广场还要开阔。像一种假的
无以复加
你看见一个慵懒的国家
偶尔出现一个人：处女怀着身孕。水花溅起来
另一些人在走，头顶上天空湛蓝。

传　奇

一天将会是短暂的一天，大风把伞都吹走了
一壶酒怎么喝也喝不完
并且剧烈咳嗽。
我想起书中的催眠术
我只想看到屋子后面的，树枝上的皇后
歪着头，把果子丢下来
抱着我的孩子
跑过去了，像是在做梦。有时我隔着很远看她
身体在起伏
慢慢把头发卷曲，她在休息
雨水压住了她的眼睛。

欢　喜

我在梦里说了些什么，我忘了，在阴影背后
偶尔你陪我一起淋雨，"最远的枝头
已经抵达"。
在日历上，忍受时间的慢。
一些旧事物还在继续
我也忘了，一块石头抛向水面。
此时铅笔在你左手心，必定有更多文字
陆续覆盖
不挪动花瓶。

10 月 16 日去桃花潭

黄昏开始的时候，风大，站在踏歌古岸
这适宜腐烂的日子
遍地花开
梦游者披衣。

远远的有船过河，不会绕道太远。此刻无东西南北
无谓停顿
鸟叫又鸟飞，这微小的眩晕，空的肉身
一潭十里桃花。

古　诗

做了白日梦，做了一个僧侣
途经旅店，妓院
黄昏的寺庙。乌鸦停在夜晚的
钟声里，醒了一次
又睡去。

人世很长，人时已远

过早看到结局了，事到如今
丢失他的白色的帽子。

异地的月亮，列车在终点生锈
声音碾碎黄得发脆。

午后缓慢追忆
蜗牛遗迹

西北王陵
幼年苍耳。

富 春 江

往上是布满云和阳光的天空。静止的
天空，忽明忽暗，接着消失无踪
更多人涌向江边：风声很大
层层白浪。有时一个乌黑的女人垂下直发
相当的缓慢。围坐在小广场边，她们在说话
转眼间一只鸟飞速掠过
滔滔江水而空无一物。

蓝雨酒吧：10 月 30 日夜

而发生过一次：厌倦于我们的争吵
有时是椅子，或七个瓶子
碰撞喧哗。
最小的孩子走过来
对着酒杯大笑，而后我们
一饮而尽；看哪!
这沉闷的朗诵，木掉的耳朵
突如其来的大风。

给 友 人

——赠谢君

在车站，在每一个日子分散着人群
阴郁的面孔
拣尽枝头，它们滞留，一言不发。

而雨声终年不断。

是此刻，他从阳台撤身
叠好手纸。
其他的事物，短促的欢欣，忍耐，缓慢，不点灯。

一天一个人

我看见了快要忘掉的人。

她一只手揣在兜里
一只手挽着一个人的爱情
在旧日的月光下
慢慢
弯曲。

到后来，她的病见风就散
一天一个样。

风　尘

在这个时间顷刻到来之前
城市上空的飞机
呼啸着飞越了
树木
房屋
街道
和广场。然后每一天
日复一日生活
奔波
偶尔为一点小事吵架
又掺杂着性欲。
坐在房间
在玻璃餐桌和一两个朋友
享受那啤酒
花生
瓜子
烧烤
并且随意扯谈，坐立不安
或朝三暮四。

小 情 诗

耳边有风，比飞舞的杨絮重要一点儿
骨骼触到掌形叶子，它膨胀。

中途受阻
绕道一座新的后宫
新鲜松木芳香。

鼹鼠拖家带口在躲雨
她所有的
安静：一点点低声哭泣。

在 合 肥

我已进入一个城市，漫步，在合肥的天桥

坐在台阶上，专注而出神

短暂，一片漆黑

就那么坐着，又喝了一瓶啤酒。

有时地面有些湿

月亮很大，这微弱的冷风，这恍惚的声响。

花被撕碎了，连同叶子

丢在台阶上

两个异乡人走过，他们的行李上有雨的气味。

仿佛心爱的人来到身边

这么些年从没爬过山，现在看起来很远很远
风吹湖水
然后下雨，雨越下越大
接着，慢慢地，雨越下越小
终于停了，就开始飘雪，纷纷扬扬
伸手触摸，它们冰凉一片。
木房子浮在水面
一年变回一天，街上没什么人
我撑着伞，仿佛心爱的人来到身边
有点不真实。

雨就这样下起来的

像一个人说的，如果下雨，就闭着眼睛
白昼时分雨无声一滴一滴地下。

吊钟的周而复始，在小区的某个角落
渐渐进入睡眠
风很冷。

而我读木桦的诗《我在哭》，一切变得简单
隔着一条街道，有人扶着电线杆呕吐。

我在哭，无处可去，我闭着眼
雨就这样下起来的，那些马奔跑在闪电中
孩子们一二三摔倒地上，都变成了雨珠。

醉生梦死

这样的夜晚，风很轻，伴着细碎的音乐
我放纵了自己，像黑夜里的雪，飘逝在柔软的睡
　　眠里。
不需要疼痛，是一整夜的骇然，被一杯酒所抚摩。
是皮肤里碎死的嘴唇：烟和呼吸
在同一个时刻，我听到憎恨。一间黑暗的屋子里
一个人。你看不见她的脸
她是孤独的。有人在咳嗽的间歇里
说着可能的死亡。她说，缓慢的，缓慢的进入
然后，允许我死，允许我松开
风慢慢变得平静，烟散去，月亮静如处子。

莫　名

在蒙蒙细雨中，我看见一个人的背影，他是一个孤
　独的帝王，有一种君临天下的气度
他一直在寻找他的王国，他的皇后。

当他发怒的时候，他背后展开一条青龙
仿佛闪电，咆哮，雷霆万里。

只有我知道，只有我秘密地知道，他就是从我身体
　走出来的灵魂，他厌倦了我的酗酒大醉
厌倦了我的戚戚无欢
才坚决地，绝望地头也不回弃我而去，远远地

剩下我在蒙蒙细雨中，像一个孤独的帝王。

鬼　魂

在我面前，总有一些东西贯穿过我，那是这些鬼魂

她们多么的温柔，从不害人
她们当中的三四个女子
始终在爱着我。

不管有时朝三暮四，有时醉生梦死，甚至，我睡在
　窑子里
她们始终守护着我。

昨　夜

　　昨夜，在合肥，下了一场大雪，纷纷扬扬，很白
　很白
　　我站了很久，终于，像雪一样，很白很白。

旅　途

整个寂静从开始到结束，火车穿过，继续向前疾驰
然后它停下，恍惚中我睡了。

一片叶子长长的正面，人群越走越远，此刻是阴
　天，晴转阴；
此刻是一阵黑暗。

4月23日佛山之夜

只是在4月23日，周末，一家酒吧，很大的房间
饰物架，舌头，活塞，一堆堆被喝空了的酒瓶子，
　目光左右游移。
我只记得，空气和玻璃，和光线，没有分隔
花瓶很快松弛下去。有人在躺椅上昏睡
沉默，干燥，你曾经会飞，朋友们哈哈大笑，然后
　小心翼翼，不弄出声
在路的另一边，大家各奔四散
那个晚上，灯火阑珊，弱水三千，我只取一瓢饮。

隔着茫茫的酒桌

在这里彻底安静，多么奇怪
点燃一根烟
通宵达旦
而你看见了风。

灰尘太大
那发生在曾经喧哗里的事
我们浑然不觉。
天上还有星星，附近的
几个人在游荡
他们的背影越来越黑。

如果你坐在我对面
隔着茫茫的酒桌
我们谈到海，眼睛里闪着光
鬓发像水一样
绵延着
有小孩哭泣
恍如陌生。

清晨：父亲和女儿

当清晨的阳光展开
漂泊偏向街道
他一直坐下去
一直
坐下去。

女儿的手。

想紧紧抓住什么，她们
看到了什么。

可以听不见，但童年那么远
那缓慢的崩溃
使人一疼。

大喧哗盖天铺地
于他心中是一片寂静
回忆旧事

天很蓝
多么宽阔。

饮

草原上还藏着一些人
酒香在月光下
暗暗流淌
把头埋得很低
这幸福的感觉
是多么短暂

今夜没有大风
群鸟腾空而起
马头琴
我想到了
遥远的古代
一小块黑色的影子
越来越远
像耳语穿越

现在
我坐在他们中间

甚至醉得

这么笨拙

而孤独是清醒的

欲说还休

剩下这寂静的假象

墓 志 铭

火车再次开走，只移走了它们：黄昏，风，行李
现在，它们都消失了。
留下铁轨，在异地，一条被废弃的铁轨
长久的孤独
照耀寂静的十三个州府。
人世苍茫
马蹄有花香
几万年的沉默啊，"我要回来，我要生活。"

妥 协

那些细微的，透明的，模糊的，陷入纸上的兽
发出低音
让我不知所措，落日缓慢

世界多么静，花儿开放的伤
江山漂移
两朵不能相遇的火焰，这初冬的冷啊

不需要说出，"我在常德，不在吉首"
如果刻意，一个人的消失
那么，剩下的事物，将低于想象。

纸上的兽，缩着身子在安睡，然后被遗忘
就像现在，我可以成全这一切
有些盲目地疼，仿佛骨头挨着刺。

欢　颜

整整一个下午，必须独自度过，这距离又多么遥远
短暂的阳光，将继续保留下去
她脸上的泪，是安静的

一生即一瞬，变得轻易
叶子晃向一边，反复着，世事荒唐。
偶尔虫子回到住所，发着低烧

她安静地流泪。一些人越来越陌生
整个下午明亮
仿佛她曾经千里迢迢，带着一些微小的喜悦。

赞　美

旅人远在他乡，在一扇门的后面
有些坚持不住，剩下的时间
试着去赞美。

几乎没有停顿，乌云低低压在屋子下
找到幸福请放弃回忆
找到回忆请放弃牺牲。

火车是暗的，它已经启程，但始终没有到达
烟花三月，雨越下越散漫
我依然沉默，不走寻常路，只爱少数陌生人。

鲸　鱼

下午无所事事的漫游者，给它一个借口
让它在暗处
安宁而睡眠。

弥漫新鲜的气息
赶集者的白头发，触及更低的地方，有些迟疑
从一个人到另一个人
消失比光更快。

再给它一分钟，就一分钟，我们还得去看鲸鱼
仿佛庞然大物在异地，忽然尖叫一声
吞噬内心的悲伤。

大 梅 沙

它们静静低飞，风吹过来，从南方以南
偶尔听见有人叫喊
那时我心怀荡漾
远处那朵云渐渐显露洁白
海水漫天汹涌，这寂寞的辽阔。

少 年 游

到达最远的事物之后，侧过身，手置在胸前
一个人的饥饿与美味，从不显示弱小。

可以触及到柔软的一团
那是一种幸福，变相的，以至于虚假。

可以赶着羊群，荒野赶着夜色，静静地坐在山上
杂草丛生，风吹过衣袂。

接下来的早晨，祈祷的人是有福的
花香一滴一滴落下来，我看见了，但我一声不响。

兰 花 草

被长时间关注的，隐隐露出微黄
面带着宁静
容易相信身边的事物。

如果天黑，长发就会盖没颈项
花瓣梳向一边
小狗不叫
围桌子转圈。

后来只剩她一人
裹紧毯子躲在墙角不哭
专心撕纸头。

衰 老 经

黄昏降临得很快，可以坐着喝茶，心神有些恍惚
看那些看不见的光
大部分鸟从葡萄藤上飞过，一切好像可以回来
年年高山流水。

远远看到这些，连绵不绝，可以低声赞叹，可以沉
　　默不语
声音模糊，随之冰冷，到处是落叶纷纷。
她学会了狡黠和搪塞
稻草人在我四周，晃着小耳环，而她的确已长大。

孤独的磷火，反复出现，又悄悄隐遁
行袋里一直保存棉花糖
我是如此急迫，我承认我病入膏肓。
现在还没有一点准备
这苍老多么轻
又随着风而下，星稀虫喑。

上下风流，翻手覆云，十年一晃总梦见她的大而坚
的乳房。

错　误

在这之前，我必须往中间的一点靠拢
累了就躺下来
这样更好，可以交换手指。

年年此时，被草和树覆盖
只有一些暖
她更安静了。

坐在草坪一会儿，蘸着身体里的糖
风吹一滴水，风吹一滴水的皂泡
有小小的迷失。

我倦在一些慢缓，一些或许熟悉的东西
进入细微，宏阔，纸的骨头
有如耳语
"那只是错误，请重新命名。"

清　明

"我试图去做一件东西，现在还是徒劳的。"
打开一个窗子，通过树林的缝隙
从中看到一片幽暗的光亮

倘若你学会阅读春光
和眼睛，陷在雨过天晴里也不算太迟。

有时我们大声嚷嚷
一些预期的味道没有出现

"风真硬，咬都咬不动。"
大叶上睡着虫子，没什么好说，有一种饥饿突然
　加倍

仿佛春天一副肠胃里空空荡荡。

旧　事

在夜晚，露天电影散场了，逆着人流，走到水泥
　坪里
在那里找一块石板坐了下来
我想做些反常的事情。
旁边的灯开着
他们在收拾银幕，拆机子，收线
满地都是废纸
这大概是一场不错的电影。如你所知，那只是我
永无止境地回忆童年旧事。

颓废之书

春光明媚，只有你，度过我虚构的一生
我心不得安宁

我不能杀人，在桃花
开得绚烂之际。

滂沱之雨
直接击溃送行的人

我尚未失明，说到一片黄叶
与此同时你的手势在空中飘着。

把酒话桑麻

——赠横和小智

这是北京的秋天，黄历九月，宜出门，宜远行
他们只是心情各异
最宜不着边际
桑麻，桑麻。

少年一觉醒来，早生华发
慢慢滴血，慢慢腐烂
灰土扬起
一个人站在树下，偶尔会落下树叶
那些鸟兽已经不知去向。

当然，那些随着日子渐入渐深的
短促的，舒缓的
"如你所愿，再也回不去了。"黑暗中的草丛
有一些白。

月圆的时候，独自驰过暗街，突然被触及
可以感谢，可以挥霍

都无所谓了
仿佛还是过了同一年。

在别处，在更远处，你看那曾经停留过的：
桑麻，桑麻，借酒装疯
执子手
短歌行
八千里路云和月啊物是人非。

地 铁

这路程总是走到尽头的，而这生活永无止境
就像你去爱一个人
或者是两个人
就这么在车窗里看着，有时候顺便
想想自己
有时候张了张嘴
没有说话

在一个雨天想起小安的句子

在门口待了很久，不知道什么时候
外面已经下起了雨

此时行人很快走尽
院子很多竹子
落在雨里

"一个人坐在房间
最容易想到
上面
掉下一根绳子"，想起小安以前的句子
却想不起是哪一年写的

雨下得一片迷雾，寂静在我四周
其他地方吹起了风
十分响亮
我顺手拉下了一根绳子

2006 年 6 月 25 日回忆，如果在北方

旅程漫漫，经过一个城镇又一个城镇，不知道驶往
  何处。
一些人不在我的身边，风在远处行走
她说：生于虚构，死于现实。
因为这一句，让我时时拥有陌生感。

一切都缓慢下来，时间刚好是正午，阳光有气无力
  地飘浮着
听见生锈的铁门那吱呀的声响
她不由自主地微微一颤
我却望着窗外。

伤感散尽，她醒来时看见了我，可是对她而言，我
  只是异乡人
陷入在树林的阴影下，堕而不落
所以，在拂晓
在薄暮
只需要看一看天空

她就原谅了我的失语症和满身的浮尘。

云斜一寸，鸟落千丈，孩子们晃进了院子，长长的
　　楼梯过道
一张张不知所措的面孔
"是的，我不用再压抑什么，不用去感觉
黑暗、沉默和完整"
而她的眼泪掉进水中，在下午吹口琴。

希拉穆仁草原

说说天气，说说雨下得早了些，又晚了些。寂静，
　明亮的，高原草场
连着一大片草，很深，很茂盛
连着绵羊的白，蜷缩着
连着一个又一个的蒙古包，层层叠叠。

天色晦暗，马群安静走着。看到意兴盎然之际，脸
　上流溢
喜悦。而这个时刻，在隐蔽的地方可以
轻松地张开双臂，而且张得很大
像风那样大。

纵马，纵酒，不纵欲。聆听一些声音，近处的，远
　处的，更远处的
颤抖，海阔天空，做白日梦，不着边际。
偶尔看见蒙古牧民推门从里面出来
脸上有着被太阳晒黑的表情。

亲爱的，我看见了辽阔无垠的大草原，有时候我想
　　到的是此生的奔波
直至力疲精歇，在这里停顿一下
深深地呼吸。
现在，她们即兴放歌，敬上一杯酒："哦，外乡人，
　　外乡人，你走得真干净。"

给小轩：生日快乐

仅仅因为这些，周围一下子安静下来，他们把安静
　　丢给她
她解开手帕，他们都隐藏在某一个地方
她得把他们一个个地找出来

在黄昏，一个男人用假嗓子唱
憋着声音唱："一个人即使不在镜中也会衰老
而那在人群中老去的是一个多么美的美少年"

偶尔会有风吹来，没心没肺，也许要下雨了
这样的天气很适合发呆
像土豆一样发芽
之后它们腐烂。

她躺在浴缸里，感觉静脉里的血流动
像三十岁的流动
它处处透明，而有时，对那些将投在她身上的景色
它是模糊的，更加美丽的。这就是密室

坐在那儿，惴惴不安又舒舒服服，谈论着
任何比较小的东西。这非常好，但黑暗似乎来得
　更快
更多地聚集在这个时刻。

他们有时狂欢，有时相互奔走，看起来很快乐
她有一大堆的土豆
但她暂时还不想发芽。

目　睹

此刻我不说出来，在旁边只是看到，月光下稻子堆
　　得整齐
看看我的房子，你已经在我的屋外看到了它。
看看稻草人
怀抱着树
不得而出。

那些白发，绕上手指，都是上了年纪的人
他们手里有大大小小的东西
该喝酒时且喝酒
多么踏实
但是你要把某些过去认作多余
那些新鲜的，腐烂的
古诗十二首
起于浮华。

你呆坐着，一个人蜷曲，这是你惯用的比喻
你的头发乌黑

脸上笼罩湿气，整日享受怀旧
回忆触及的疼痛，目睹这些，"那么我只有无言
我假装对这过程的漫长
一无所知。"

不 朽

风吹起她的白裙子
火车慢慢平息。

那么多的刺，从野草莓下爬上来
片刻被暗黑围拢
她那么干净
白天隐藏起来
然后她看见了她的大马。

大马在奔跑
太辽阔了
万里江山
乌云压在下面
她很明亮，百毒不侵，她的身体一直孤独而安静。

月光宝盒

——赠骨与朵

她不太容易放弃弓箭，至今梦见对方
紧贴着皮肤，她学会了飞
因此桃花落下来。

长时间不说话，那病态，细细的，一层微微的白。

"是的，死去过多次，只为今天活过来。"
她害怕看见水滴石穿
钟声和风一起沿着垂直的方向。

一棵树经过她慢慢长高，大地空旷
月光静静地照耀宝盒
更多人都已经睡着了。

那时候，她返身回到童年
在马群起舞，马的翅膀呵护着她，这是真的，现在
　就是。

风　云

客栈，灯笼寂静地摇晃，我在镜子里看见她们
清晰的绒毛
明晃晃的乳房
热血
最终血腥风雨。

她略带伤感回忆她的黑风衣，那些过眼烟云
我看到她裸露的花瓣掉下来
我看到传说中的金黄色
在乡下，在晚上。

她没有挣扎，垂着两手，那萦绕在树梢上的雾气
还没完全消散
看不清楚又是谁，空荡荡的，她用刀子
在身体上一下一下地划
然后重新睡去。

白云过处是他乡

尘埃落尽十三州

外面下起了雨，斧头停在树的中央

孩子们坐着数指头，一匹马在驿道上慢慢地走动。

九州·羽传说

从楼顶上搬木椅子，马尾上束着红线，风吹着手
在墙壁上画了很多窗子，可以确认
是个花园
从清晨到日暮。

向下长长的水泥护栏，煮酒华藏
空气中有些潮湿
她把我悬挂起来，练习蜕变术
拂着羽翼
在空中疾驰，转向，像树枝
隐藏在树枝之中。

所有的人都没有觉察那些偶然和细节
以前的和刚刚发生的
木偶正在接受一次惩罚
重复被使用
令她蜷缩。

很多时候，她迷恋身体变做花，雨让骨头发胀
因此变得很胖
即使在秋天，依然羞于启齿。

九州・龙族

伸手不见五指，她告诉我，她的衰老，经血，梦游
她们不得已的循环
惊异于那弧线的美妙，"我能看你的影子里
长满水草。"

很多小人跳出来，围着大蝎子，呜呜咽咽
急行三千里
我把她塞进纸里，一身浮灰。

我赠予她金发、弓箭、巫师法术。她起身，靠着
　　花树
黑头发，口衔荒草
有时她摸出地图
低声说话。

对镜看花，一个帝国，一杯装满的土
此时天亮，她的脸被雨水湿透了
我看见静静发酵的湖水，四野静寂啊，又一个冬天
迅速到来。

侠 客 行

古代的黄昏，大石头狮子，第二码头，风

一群强盗亡命天涯

再也回不去了。

有很小的声音浮出水面

灰飞烟灭

奔跑的马蹄。

听见一些说话，像暗语

那些一去不复返的日子：孤独，仇人，朋友，烈
　　酒，别离

而沧浪依旧

我站在远处，感觉那时的风

恢复了往日的萧瑟。

一分钟让人心碎

迄今我还没有遇见，敞开手臂，你怀抱自己

不能承受一点热

但不指明，谁都不能说

时光日复一日。

我选择了醉，醉了摔瓶子，话和腿一起被打断

我暂时不会害你，哪怕只是颤抖的指尖。

他们的声音还没来得及消散，你就漠然地坚守着
  它们

我打着手势，跟不上你身体的姿势

而你更愿意遗忘。

夜半三点，硬翅膀打开，昏头昏脑，不知所从

"我将降恩予你，直到我取走你的痛。"有时候听到
  的风声

轻易跨越树林，而你还躲在另一个角落里

我感到无能为力，要知道，一分钟足够让人心碎。

读一首诗心情压抑，目光越过窗棱，屋顶，一两根羽毛轻轻掉落

别动，我用一首诗比喻一只懒散的猫。
现在，它多出柔软的皮毛。

这是黄昏，水杯尚有余温，我容忍不了一首诗的黏
    乎乎的液体。
实在厌烦了
实在进行不下去了，余下的时间，我干脆让它
蜷缩在房间一角，它多出饥饿
还多出牙齿。

如果我愿意，它继续待在那里，它开始呼吸，耳
    语，在尝试
它的翅膀
飞过下水道
然后彻底消失。

在星期天，我仅仅看到外面的一两根羽毛轻轻掉落
首先是黑的。
因此在屋顶上飘落时变得缓慢。

2006 年 11 月 22 日：低音

以至于今天，蒙你所赠，我现在的状态，应该叫远
　　方，一直延伸过去
那些沉睡的人，在下边发生的事情毫不知情
黑暗中
支棱着耳朵，孤独尘嚣四起
不能言说。

要不了多久黎明将渐渐开启，之后是钟声，隐隐
　　约约
在和平里
不喝酒
不奢侈
不宽衣解带
沿阶梯而上，头顶着一滴雨水，芭蕉枝叶繁多。

苦的舌头，那无边的潮湿，"我最怀念的，最终要
　　消逝。"
在紫禁城

等待一道闪电

等待鸡叫第三遍，我不姓虞，不称阿翔

我是传说中的另一个死人，蒙你所赠，三十多年前
　　无以寄怀。

经不住些微的敲打；有一阵子无处可去，如果你称
　　之为沮丧，就像叶子静静掉落

那些人照样去跟女人鬼混

他们来来往往

又不断消失

有点晕，我走到屋顶的边缘

有些花在融化，一侧的乳房鼓了起来，伸出笨拙的
　　手，何其微弱

天风已吹到远方。

浑然不觉

而这一切发生在身边，我对此一无所知
比如在回去的路上低头
中途，遇到三对情侣
明月高高在上
"趁着今夜有风，仿佛有人在等。"她说，一切皆
　　可能
记得那年，尚存畏缩之心，一辆破自行车飞过
绳索垂了下来
在江边，她们在水中沉下去
又浮上来。
后来转过头，指着那些轮子："事实上，一切都是
　　圆的。"
包括这混乱
尖锐，移动的骨头，只需要记忆
然后忘却。这一切偶然残留的
在烟灰和时光倒流中
正成为一首诗
失语时，她的脖子细长，落着细细的白光。

发　生

他们还在喝酒，想一些聚会上的事情
有一些马匹从身边飞奔而过
集体向北
一根铁管子锈着，弯曲
滴着水。

照例毫无新意啊，起初它摁住你，肩头火辣辣的
但它的面容
慈祥极了，那只女鬼，起于火焰
翩翩起舞。

现在大家沉默下来，在他们之间，无非如此
是五张桌子，十二把木椅子
八杯咖啡
和后面的湖水被风吹得凉飕飕的。

怀　旧

说出来就后悔了，事先没有征兆，前面隔着街道口
她的嘴唇流着光
我有时略显冲动，仿佛要接触。
那些昨天的，漆黑的，消逝的，隐隐约约的
这容易让我想起天气
而天气比我想象的更为明亮
就像我现在蹲在这里
看公交车走走停停，看很多人上上下下
看早晨十点的太阳
她出来时无声无息，不期然转过头
树掉尽了它们的叶子
腐败的气味
一直在周围久久不散。在生活以外
记不起我想说的话，说出来我就后悔了，我承认
我曾经隐瞒了我的身份。

樱桃之歌

她触到了虫豸，她喜欢，氧气越来越少
寂静
不惊动落叶
春天在她身下压着
暂时看不见，枝芽长出一节。

百兽不涌动，草原上，看起来更为糟糕
她收敛脸上的笑
小手垂拉下来
那些银首饰
四周散落，发着微光，随之云烟远远地翻卷。

"最小的果实被光照亮。"那一天，她放下花袍和
　水袋
感到局促不安
有死去的人，围着篝火在为她谈话。

沉殁之书

这个冬天依然干燥，有一阵子我厌倦了诗歌
它的辽阔
向着远处弥散的
尘埃的气息。还有它的悲悯
如灰白色的庭院
我已看不见你。

一切尚未开始，就像外面的风还那么远
如果是在林中，木耳带走颤动的虫鸣
我会把菊花泡在酒里
慢慢品尝
有时沉湎于小小的牌戏。

对于这个早晨，或许更多的黄昏，只需水面激起
一圈一圈的涟漪。正因为这样
时间总是不够。从崭新到老套
从松软到僵硬
以至在睡梦中

如此透彻。

那还不曾说完的，请原谅我的盲目
那还不曾做完的，你已经看见未来。

蒹 葭

当所有这些安静下来，腐烂的树心沁出芳香
这柔柔的花慢慢地
舒展
我怕碰碎。

月光缠在藤上，树林在旋转，耳环落了一地
发出声响
她的美丽，靠着露水，简短，隽永
稍纵即逝。

在另一边，和她隔着一棵树，无数晃动的叶子中
居无定所
仿佛相隔那么远
只等待那些回来的人。

梦见烈火中的燃烧，要有多久，它就有多久
那些飘散的
是长发和花裙，她有备而来
赤裸着身子说话。

树　鬼

天亮了不止一次，给我一个理由，然后抛弃
或者说：向孤独开放
她的声音是飞鸟，弥漫更多的寂静。

泥土下面有东西在动
涟漪的树林，一片浸透了风的叶子
只那么一瞬
将她打回原形。

是不是像这样，她透明，惊恐而平静
把阳光和时光隔离，让我的耳朵重新成为耳朵
聆听女树鬼
说她的冒险和财富。

事件还远未结束，在离开之前
我还记得这天夜里
她的鲜花
突然绽放，又嬉戏于风。

这么说好像我回到了古代

没人的时候，一些线条暗下来，然后是
我看到的整个天空。
兽皮失去骨头
散发出香气。

春天或者冬天，在无比熟悉的地方重复着
琐碎的生活
像一种假的
考验我足够的耐心。

一个人不发出声音，周身挂满了耳朵
月光下
虫子飞
你踏着落叶落下来，还在不知所措。

与对面的刺客对峙，这古代，这清澈，这仅仅只有
　一次
被黑夜所掩饰

枝条微微生出梦

我触摸到水滴，并未感到什么异样。

通灵术，或者愈陷愈深

起初她已等不及了，她需要纯净
在这样的夜里缩着身子
抱布娃娃
静静侧过脸。

偷走火炭，大门只有三寸，灰尘落进来
像曾经那样生活。
覆水难收时，不可咳嗽
不可挑灯
不可草木枯荣。

只觉得过了那么久，那些木耳纷纷探出头
多么贪吃，半截身子压弯月亮
她甜蜜
她穿过香水
用左手
揪住异族人的尾巴就往外拖。

即 兴 诗

河岸上都是茂密的，眼前的开阔地
无美可言
风吹芦苇花，仍有些逼眼。原谅她们的肥胖
她们随春色而行，嘴里嚼着草叶
在此之前
草丛里的兔子慢慢睁开眼睛
比原先陷得更深了，"早上好，早上好！"
持弓的人已不知去向。一层薄薄的烟雾，有些突然
把声音压得更低一点，会有更多的
马群出现。
眺望，窗口里的两片叶子，屏住呼吸，门敞开着
半明半暗，一些事情，忽远，忽近
她们在林中起舞
她们其中一个衣服还未干透。风一直向南吹
直到春天过去，秋天到来。

逆 水 寒

那时我沉默寡言，看到远处而

无从说起，风扑着翅膀，任何时间，流逝的，宁

　静的

停留在每一个早晨

都随我来。

沉醉于春光

新的，绿的，都覆盖着旧的枝叶，乌鸦各自散去，

　光秃秃的。

手指叩响着门

她显得无所顾忌，穿着不合时宜的衣服

在笑声之前，"没有什么值得留恋，我触摸到的

　只是

你柔软的部分。"

一滴水落在她的额头上

或多年前

晃动的无数的树林，他们一个一个离开了。

沿途中，我遇到她的身影，我行动迟缓，我说疼，
　　有点疼
直至今天咳嗽不已。

站在湖风中
是阴雨天，在湖畔她俯身下来，空气中飘散着一些
　　羽毛
这遍野的火焰！这没有比更明亮的地方
有人饮酒
击铗高歌
悲伤不绝
夜夜求欢。

春 光 记

春天的早晨姗姗来迟，火车蜿蜒而来，运送木柴
按捺不住的喜悦
适宜抒情
有人坐在钟里
寂寞如神。

白茅铺地，河水顺着山势转身，就在半小时前
你和你的纸马随意行走
远远地看着我
风行水上，你晕眩，马仰天长啸
先你而去
但你先别说。

这可是最后一次了
有一些简单的东西，丧失了细节，然后，你抓住我
　的手
如此之久
以至动荡不安。

从离开到抵达，从陌生到熟悉，现在屁股枕头
热乎乎的
饮酒如饮桃花，桃花纷纷飘落
太阳还照在远处的山上。

烟　花

傍晚，我对着窗户，北京下起了雪
在高处的静
大街空荡荡的，她穿着风衣
她穿着风
使步子可以慢下来。

清醒时分，回忆比时间有时远有时近
这荣耀之夜，烟花如桃花般绽开
然后熄灭。
我松弛下来
等待一些欢喜的声音降临。

她多么幸福，还会将继续
和未来的人发生关系。
三棵苹果树下，那微微垂瘪的枝叶
蚂蚁正聚合在稍微平坦的地方。

在湖畔，我看见小风车，静静插在房顶

仿佛站久了，雪片融化在掌心
是我所够不着的瞬间。
静默的继续静默
今日有人容忍失聪，容忍气温下降
直至深渊。

老 男 人

把灯盏移过去，他看见，月亮张着嘴。
记忆，那时光细小的裂缝
无边无际。
他忍受着煎熬，而他婆娘毫不知情。"只有桃子
隐藏了桃花，完好无损。"
他梦到了晚年。

他已经很久没有走出这间房屋
便不由自主地转着圈
并且越转越快。
更小的气泡
从啤酒杯底升起，剩下的只有少数。

少数！继续下沉
好了：炉子是铁做的，大象一步一步逼近。

然后就下雨了：滴水声般的孤独，滴答，滴答。
他坐在沙发上

感受到他婆娘臀部肥厚的肉，这一天特别长
发绿的枝条在窗外斜过，他知道
那时正好是春天。

仿　佛

有无数种可能
那些种子在潮湿的泥土里，这美，这春天的诞生，
　这面若桃花
没有什么比它更完整
又仿佛什么也没有发生过。

你说，"是的，是的。"一滴水珠在阳光下蒸发
确定这是初春。
那些马，都靠得很近
直到我起身
依次经过很多地方，滴酒未沾，很多人都跟我说过
　早安
那肯定是陌生人
他们住在我的楼下。

现在完全不一样了，往常的欢快
何其多
你还在睡梦里，那么远，那么多年

我只是想起你痛经的时候，拉起我的手放在小腹上
其他看不见的
不必多想。

衰 弱 颂

她听见那么多鸟在叫，果实落地有些急促
偶尔的，一个转身
她奔跑
握着甜蜜。

她不能开口说话，沿着外衣和树枝，在蘑菇最深处
被风吹得左右摇摆，草地也随着往下陷
那阴影的深浅不同。

难以相信竟是这么容易，这世间万物而隐秘
怀孕的身子沾满云朵，天空可以更蓝
安静异常，左手遮掩双乳。

更多时候她只会长毛羽，长那些黑色的，更黑更黑
它们把她盖住
冒出水上的泡泡。

一时恍惚，一时挣扎，直到她死去，直到她复活。

有时你必须知道

这个下午很安静，桃树开花成果，没有人说话。
像小树林，你的身体
荡着秋千
手抓紧绳索，扩大
接触空气的面积，伸缩着
有风就加以疏导。
我开始回忆，努着嘴，"好吧，黑暗中让我们继续"
这孤独的隐喻，如同一只小狗
追着咬着你的裤脚。
远处的陌生人或者
更远，声音模糊，有些地方你宁愿不知
但可以完全进入。
那一天春天是懒洋洋的
水绕着木桩，莲藕根下鱼追着另一条鱼。

中 年 诗

我喉头发紧，必须忍受中年，眼前的黑
一片一片涌来
仿佛置身野外
桃花入主三月。再往前看，手语如此陌生
适于安慰。

同时转过头，她那么一瞬间靠近，以至于所有的人
停止了喧哗。
除此以外
还在雨水中反复擦洗，那贴在树叶上的黄昏
转眼就即将结束。

风拂过长堤的椅子，风拂过我，我已 37 岁，欣喜
　自己还有
这点自知之明，假装生活
假装发呆。
远处有人抬顶轿子
但是，轻一些，有鸟啼叫

拍翅五次
又顺原路返回。

在这即景的梦境，"融化在阳光下的身子
那美得让人心碎!"

谶　语

——给友人赵卡

有时候，树下坐着人，无所事事，听着那些声音
远处的黄昏，光线
暗下去
直到风像风一样穿过。

他身上的黄金是隔世的
所有人不可触摸
三分醉意，"所有需要原谅的，都不必再说一次。"
他几乎从未移动过。

在北方，大多时间内，他只是想了想
什么不知道了，像他将要去的一个地方
无所适从
在某种时候，这些可以忽略不计。

即使到最后，他看见新树叶
它们绿绿的
而一些小昆虫变得忙碌，每块碎零的清水
闪着一点点春光。

离 别 辞

一开始不可能遍地黄金

也不会绕道太远。

树木葱茏，正在春天生长

叶上的露水，它们背上细小的房间里，她一直在

    做梦

悬在半空。

她的头发被风拉紧，跌进一个声音，它张开布袋

然后我们听到了寂静

变得更轻，仿佛有鸟掠过。

闲人无语

这会儿，向她认错，这需要耗费大量的精力

她的亲人出走天涯

再见！世界在她那边，而远处的水潭

浮起白羽毛

孩子迈着小步带出一串水花。

在清澈的早晨

那么多的孤独，始终在周围敞开，混着一些灰尘。
她说星星陨落，一闪而过
头发上的少年，躲在一棵树后
这些年一直执着于幻想。很多刺扎进来
微微的，甜的疼
在身体里。
没有任何声音
这没有叫人联想到命运。
桃花在最绚丽的时候
躲不过指腹为婚。现在，叶子很快就黄了
被风带去了远方
在清澈的早晨，有些东西
被她悄悄取走。

失 神

我显然喝多了。我喘不过气来。
在不远处，有人摇晃，他们的酒才饮了一半
就放纵过度，而我无所适从。

她曾解开银杯，在草丛间踮起脚尖
草木皆兵
那些清脆的声响
那些柔软的，比她更为浓密和茂盛。

"命运啊……"不可能一开始，就可以能触摸。
孩子们在拍着水
落叶簌簌，更多时候，我剩下的一点时间
被秋天延长。

浮光中的微尘，无何以喜
天风中的苍茫，无何以悲。

与友人书

如今该曲终人散了，你听见关门声，砰地一下
整个夏日的喧嚣很快结束
这里没什么好说。
天气燥热
街道
越来越窄，一些陌生人此起彼伏
混迹于车水马龙。
取下一片树叶，绿色的
有呼吸。
借此醉饮
借此头昏脑涨，一片灯火通明，疼痛把身子打开了
那一天
你回头再看全身披着银子的人
只看见树木冒着烟雾
有些异样。

酒后的诗

我已经抵达，这个苦夏
七月流火
我有恐高症
除非万不得已，我不会接近北方。

像邂逅，月光粼粼，乔木林在摇晃
她在浴室里哗哗发育，湿淋淋的大腿，仿佛触手
    可及
"你瞧这小丫头，你瞧她多听话。"
如果可能，他们可以精力充沛
用空虚填补空虚
掐死小昆虫
幸灾乐祸
没有人试着离开。

白云苍山缭绕
回忆不可信
回到最初

在细风中，在夜半零点，我不过是一庸人，胸无大

志，不怀心事，饮酒是为醉

手提竹条，其上串着数条小黄鱼。

皮 影 戏

自呱呱坠地，在村庄，把躯体留在她后面
她一直不曾长大
随意改变性别
穿兽皮
看到光影
花纹散开。

阳光在叶子凝为蝶，"就像鲜花放入了刺。"
缩在暗房墙角，一阵阵瑟抖
喜欢冰冷
在孤独中
她不停画地圈
红色的樱桃
在她的身边熟透了，她变成了人。

仰望星斗
风吹来树林的野气味
今夜她深藏不露

吹熄灯盏

推开一扇木窗，背着水果刀潜逃了。

少女玩具

绕过一片橘树，看见芭蕉
风吹也不动
脚尖轻轻跃起
触动她身体里的空气
这碎瓷的蓝。

建木屋在地下
从木柴中取出篝火，行动缓慢
有人变成马
美好的事物总是和世界纠缠在一起
它是一个黄昏
清凉极了。

在月亮灰烬中她不断地叫我
像是每天那么饥饿
甚至更长的时间
很多女玩具
纷纷跳进海里。

氓

石板上的植物没来得及发芽
就长出了牙
水里流着毒
起初他们喝了
前额发烫，渐渐人事不省。

到了那时候，他们重新活过来
不分男女
用草和破布包裹自己
用一天的时间恋爱
在山顶上挖洞。

在阳光下，只有那些野兽变得孤独，像出生时一样
极安静地
非常柔软
一直讨厌雨水，垂着毛发，暗蓝色的
把食物晾到一边。

老 虎

老虎爱生病，透过我的骨头，你会看见病是孤独的
是封闭的，白日还戴花冠。

身子抱着水
人比云翼暖
比风筝轻
比时光还远。

风吹白银子，愈吹愈亮
我摘掉了右眼
落在林中
强盗在下半夜背着新娘奔跑。

她们各自低头
俯身去用衣服喂死去的老虎
然后翩翩起舞
天亮后会叼着我的骨头去向不明。

前　世

火车冒着白烟
趁着黑漆漆的夜色而来
此时
盗贼从梦中苏醒，四面八方将至。

冷空气继续南下，我深爱的龙还在空中悬浮
怎样压住大风
我出生在火山口
摸黑掠过刀口，左手似乎不见了。

矮树木亮出舌头
果实像石头一样掉下来
我住在洞里
伏在青石板上，身子不停地变化，有些厌倦。

世事化为许多人形，可以绵延到田野里
他们成双成双
只有我多么贪杯

身子抱着花

收拢翅膀，我的病慢慢地会好起来。

现在好多了

鲜有时光
那个在院子里弹去灰尘的孩子
随手将偷来的稻草丢下
蹲在地上
画了古怪的箭头。

雨水收住眼泪
慢慢地敲碎一只核桃
瓦片发亮，木窗整夜吱吱作响
花穿着裙子
收敛住脸上的笑。

像是失火后的房间，以至于枯燥
老妖怪咳嗽着踱步
打翻了果篮
他老得不成样子
后来睡过去了
被孩子埋在院子后面。

像一个多余的人

——为自己生日而作

雨停了我继续往前走，一只乌鸦落到对面的树上
它离我不远
歪歪头
然后扑棱棱地飞走。

我喜欢寂静的。
寂静是菱形的，仿佛触摸可及。

像一个多余的人，在生日的早晨继续走
景物中掠过春天，焦灼的，恋爱的灌木丛
我会碰见一个熟悉的朋友，就像在这个时候恰好
　碰到
我们朝对方笑了笑。

我还看见许多过世的人跑过天空
没有停留
哗哗地响动
我像是这样去过的，然后下来

陷在大街上，像一个多余的人

走着走着就下起了雨。

慌

像是火车屏住了呼吸，由远而近
湿漉漉的姐妹
一闪而过。

只剩下我和铁轨
枕木一根一根
烂掉
叫人心慌。

我把它们堆在一边
当作柴火一样。
现在
被搬到太阳下晒晒
我坐在上面，并且剧烈地咳嗽。

妈　妈

直到天空慢慢明亮起来，有些东西尚未成形
她不说话
只是看着我。

白发垂直到额头。她花了漫长的时间观察手心
手心沁出美丽的芳香
声音和灰尘浮在空中
直到我脱离阴影
踏露水而去。

更多的时候鸟突然间落到院子里
先于鸟儿的
是一片安静的阳光，有树木，百合和她喜欢的
　草地。
那无限的蔚蓝
微微亮在她的四周，仿佛我看到她的童年。

她来自山东，眼睛感觉越来越模糊

她始终不和我说话。
"妈妈，妈妈，更多的路把我们分开
像迷路了一样"
暗处的事物不断呈现
在消逝的秋天，她传递给我的温度
慢慢恢复。

风吹过水面，触手可及，我那么小心
她是静悄悄的
坐在椅子上，闪动的银子
那么纯洁
眼前一节节拆散了的玩具火车
要的是忽略时间。

她想起很久以前的谣曲
以及光线下飘落的羽毛
"妈妈，妈妈，如果我变得空空荡荡
是为了拖延遗忘，那么，即使你
不说话
我还是摸着黑回家。"

天　堂

房子里寂静无人，有两只鸟从窗口飞过
只那么一瞬间
我听见天堂的声音。

这房间里住了许多冥世的人
指着地图喋喋不休
说自己的身子不及
栀子花的一小半。

墙脚生杂草
草色青黄
那些手指排列在一起
十分孤单。

当天气凉了下来
远处一个人终日靠捡破烂为生
他的老婆露出乳房
专心致志地给婴儿喂奶。

事 件

那个季节，她在水里静静地睡眠
不断地吐着泡泡
她睡觉的样子
像极了我的生活，我梦见的人走进了客厅。

她周围是些飘摇的水草
相互摩擦
在岸上
那些舞剑的人
还没有生出鸟羽，伛偻着身子，声息渐渐衰弱

我只是紧闭着眼睛
就像在细密质朴的小碎花被罩里
充满水气
感觉好多身子侵入
然后它们走了，经过了我的呼吸
经过了血液中的酒精
仿佛心悸。

这样说，我们彼此猜疑着，黑暗中相互试探

这样说，才能安心睡去。

还有别的你不知道

我一定是在某个瞬间预定了什么。

上午出现的阳光
像大片大片雨水一样坠落
这些阳光让我的葬礼提前来临。

我看见他们都来了
还有她们
然后把手摊开
互相耳语
当然，我也在他们中间当中。

我曾经做了三次相同的梦
抚摸着鱼身
阴影一点一点漫过来
直到我看不清任何东西
这让我惊讶。

　　在她们赶路的时候，我跟在后面，从石块中跳跃着并无异样。

秘　密

她走下很长的楼梯
在黑暗中待了很长时间
成群的蛾子
落在灯火里
鱼鸟不知疲倦地掺杂在其中

掩饰不住的乳房轻微颤动，大多数时候她是孤独的
剩下的声音是
呜呜的
有时候继续
回到那里。

云越来越低，那里有湖泊，她有死去的念头
死是多么傲慢的事
那会儿
叶子互不相同
又同时坠落
她只看见抱着树干的那双手
并没有看见树后的少年。

那些更细小的灰尘被高高扬起

他笨拙地抱着木柴，从阁楼里穿过，爬到屋顶上
中途可能会遇到瘫痪的双头蛇
他小心翼翼地绕开走
也把我给绕开了。

我知道他是个疯子
怀藏着有别于常人的骨头，多么孤单
阳光冷冷
梦几乎是黑糊糊的，有牲口的气味
看见一个人啜泣
用手抚摸就愈合了。

相隔镇子，从左到右，火车在云里行走
比云更温暖
在以后出现的河岸场景中
他不断地拾柴
夜里
除了他

那些更细小的灰尘被高高扬起
还有那么多的小虫子安静地坠落。

想

尸体是没有名字的，尸体里有许许多多金银财宝
都是她一手准备好的
我忍耐了她很久。
在漫天风雪的一天，我通常戴着手套
沿着木梯偷偷地往下摸索
那些幽暗的影子具有危险力量
变大变小
气氛很紧张
所以兽牙挂在胸前
它克制住柔软。
当然，如果我还有足够的时间
我会冰冷地穿过一面墙
和那个戴白帽子的女巫在后座抱成一团。

童 年

我把他们丢到岸边，空气突然间寂静下来，
并无出处。
是的，比寂静更深的黑暗也同样没有，
我伸展自己的十指，在一团漆黑如墨的空气里，
心中要想着远方。
寂静渲染了流水，是一片水池找到了
下午的出路。
龙带着阴郁经过这里，它的动作已经迟缓，
有些口渴，
背着我狂饮一通，
马上就忘记了阴郁，把身子慢慢舒展开来。
我还看见了山洞、树木、牧羊的同伙
和邻家女孩的发辫，
那个女孩是陌生的，
她的脸庞俊秀。

马　车

孩子们散开了，我趁他们不注意
把蛇尸们踢进水中
使少女苟活
她的腰肢很细
我以为那时她比花枝更脆弱，而下沉的马车劈开
　水面。

然后她坐在木偶的中间，心生双翼
驾着马车
经过树顶和天空。
有时她是软的
稍微多一些杂色
她有绳子。

山顶上有一片松树林
那里光线幽暗，很多死人陪着她
死人什么也不说，脸上涂满了油漆
我点燃一支烟，抓了抓头发

手无所措

他们确实像是旅行的。

早　晨

木房的早晨在发芽，从木头上辨识出那些裙子的
　颜色
她转动怀孕的身子
略涂羞涩
身子骨听见银子的响声，它们的动作自由
形态各异
还能触到漂浮着的树叶。
这里的水势紧缩，一匹布掩饰不住欢喜的声音
掠走白马，一会儿就漏掉鸟巢。
有些光亮透过她的身体
出现在碎镜子上
碎镜子在雨中，不停往下掉
所有人都看见她了
水洼照见早晨的屋檐，有时候她不停地呕吐
躺在病床上缺乏力气。

山　谷

雾气是青色的
掀不起涟漪
那个经常穿黑短裙的小姑娘，垂着头发
每天独来独往
看着前面的路，杨树和槐树长满苔藓
古怪得很
它们很快从她身边到后面去
感觉它们又在她身后
聚集在一起，像要吃掉她的样子
她四处张望惊惶
叶子闪闪发光，地面微微地下陷
下雨的时候，就有大滴大滴的声音漏下来
她在树身上停下来，踮着脚尖
静静咀嚼糖果。

眺　望

从窗口看到远处辽阔的地方，就能看到我所熟悉
　　的人
女僵尸身体发白
她把脸露到外面，把手隐藏起来。
她在一个山里种菜，拔出左脚
右脚陷得更深，有时不说话
有时学着乌鸦在树枝上叫，露出尾巴
暴躁的时候还把房顶掀开，冬天的时候就爬上山
弯曲着背部看太阳升起来，她会想着远方
山坡上滚落巨大的石头
趁没人的时候
把一条僵尸蛇装进口袋里。
她很丑
发梢下垂，她一慌张就哭了
一直到天黑
我看到她被一个衣衫单薄的孩子带走。

治　疗

早晨第一个醒来的人是寂静的人
寂静得揪自己的头发
头发冒起了烟。
她待在狭小的病房里，日复一日的输液
别的病人已经拥挤不堪，外面是水面宽阔
她一直面靠着墙。
很多时候
她有一种奇异的直觉，隔着挡雨玻璃，对我说：她
　　未成年
最容易看到人形焰火
像无脸的男子。

戏　颜

我在阴天里不停地喝酒，无上的沉醉
檐前坠落的雨滴
桃花呈现出妖艳的淡青色
把头发结成果实
它是驯服的。
像是沉默
的人用身体说话，用手牵着绳子
然后噤若寒蝉。
在天更暗的时候，那些鬼都出门去了，借着柴火
黑暗中微弱的骨骼，他们四处游荡着
从不繁衍。
而我蜗居在屋子里，听着那些噼里啪啦的声音
有时候，我喝得差不多了，
很快就有了隔世之感，像是死后的我。

风　骨

一步挪动身子，声音如此之小，以至于我听不见
像下雨的蛇
嘶嘶地吐着信子，脸上还刺着青
有些模糊不清。
她们喜欢我的头发，所以花被放在丛林里
陷入迷宫，总会不小心踩到那些花
后来我把整件事给搞混了。
月光如低垂的水，我驾着楼上的马车
是忧郁的，沿着丝线去看绿色的女鬼。
她们都离开水面
在树下围拢这堆火，坐着装人
而火是湿漉漉的，疲惫的人会做梦
松开手爪子
把手烧成了灰烬，剩下的树木
不发出声响。

驱　赶

左手能做的事，比如指掐算，右手也能做
比如翻开那本厚厚的黄历
不多时就说出了处方
冥币三封
纸人一个
煮熟剥过皮的鸡蛋一颗
硬米粥半碗，放在树冠上。
我不停地呕吐，吐空了身子
当外面的天空变暗了
院中燃起一堆火，朝南的窗户已经打开。
有人把我架出来
在火堆旁，火苗燃烧到正旺
我神情恍惚
常常从这边被推到了那边，没有一点预防
我慢慢地爬起来，脸被熏得黑糊糊了
这是我难以想象的，肮脏的人喜欢把偷来的鬼
放到破布中间。

致　敬

我写下盲，我说，是白盲人忍受了那么多的坎坷
她用白药汁涂抹全身，在她年轻的时候
跨过火盆进门
把火弄弯，贴近到了门边
那些像花一样开败了
稻田背风而走。
旷野的
雾气又浮上来，列车经过那里，仿佛她一不留神
它就会开走。而那些树
正像其他的树那样，在风中倾斜着
一棵紧挨一棵
她只听见沙沙的响声，搬梯子的人
把梯子放到一边。我说，白盲人穿着花裙子，手在
　水里
旁边的白蘑菇长出来了。

形　状

如果旷野里的马车

在白天忽然停下来，马头人就会像是被施了魔法

是封闭的，孤独的，溃疡的，即使被蒙了双眼

一到晚上就马不停蹄

纵身跃上了城墙，这时天气已经变冷了。

树荫里有久藏的霉味

有低垂的火焰

在火中打滚，在火中千变万化

有时他笑得有些邪恶

右耳稍大

抬头亲飞雪

因此变得阴郁，有时吹奏萨克斯

在黑暗中消失

他的母亲是美丽且肥胖的女人，坐在马车上

有一个会疼的身子，比鸟羽还轻。

空　旷

我泼酒是为散发，求偶的女孩去松林山上
继续求偶，那时树上已落满纸做的小人
"可是里面什么都没有。"我也曾有过无数的梦想
但她毫不知情，睡在果壳里
习惯了缺氧
有时忘记将疾病带回家
仿佛搁浅在海里的云，踯躅不前。若是在看得见暗
　　光的地方
身子就会蹑手蹑脚
直到那些声音在水面平静消失。
摇曳的几片叶子，桃花变成狐狸
空旷
萧索
经过黄昏，转眼就绝迹。
幸存的人集体狂欢，一些藤蔓植物
爬上墙头，用鳞片
迅速弄响自己，我泼酒是为散发，散发是为抚琴。

游　离

我喜欢去别的林子
晚上就能看到女法师脱下贴地的长袍
沐浴在水里
远处的老虎柔软地躺着，仿佛真有那么美。
那时我在一边放火，她都不说话
烟气变得发白
我喜欢和她喝酒，互相练剑
在树顶采果充饥
有时她使劲摇着树枝
亮光就一片片聚满树下，我可以觉察她的变化。
有时累了，我就吹一口气
把女法师连同老虎一起吹进了林子深处。

季 节

木偶裹紧毯子歪在墙角，一阵痉挛后
接着睡去
她还没有磨灭，颜色变亮了
但的确是木偶的样子。
一绺乌黑的头发被吹落下来，我从不描叙木偶里的
　长钉
它们持续在夜里
有些时候，必须要忍受水流湍急
借着月光渡过自闭症。
她有张少年的脸
略带忧愁
火烧着绳子，发出皮肉烧焦的气味
在结束之前
林中迷途的马还走在路上，四周有很多低矮的木
　屋顶。

花　糜

马蹄过了是夜晚，真是醉逢其时
隔三差五
在一片竹林中，我嗅到腐烂的气味
我不确定从哪个方向飘过来
马忧伤地把脸转到一边
我曾反复梦见风吹乱了鬃毛。

恍惚中，在我看不见的地方，她们寻找马的身体
像生逢其时的人，也死逢其时
她们最终
吐出海底的肥皂泡，并且越茂盛
越缄默。

花逢其时，花瓣簌簌地落下
将我团绕
她们的名字
我也说不上来
天空低垂，我拿着树枝手舞足蹈，趔趄的左脚踩着

右脚

样子像古怪的半人半马。

好 时 光

最后剩下来的天已经更低了
我躺在里面
梦见海马生出手脚，有黑色发亮的鬃毛
有烂醉如泥的气味
风吹到了身边
远远看上去，只有麦苗围拢寂静。

姐妹们的嘴唇微微张开，冒出白气
她们还在向上走着
右手掩住乳房
这时涌起一点点声响，花举起刀
因此听而不闻，美丽的身子怀抱着聋。
天冷下来的时候
我不知道会冷多久
在火光中，一边挖掘一边活埋。

脑袋晃动着
有些模糊

跟一个人多么不同，湿漉漉的海马俯伏在海水边
右手练就了防腐术。

上　沙

我越来越适应这里的凌晨三点，黑漆漆的
没有一点声响
光照在树影上
树影变成褐色和红色，许多奇怪人形在移动，相互
　　交织
难以分辨。

当他在梦中走得如此之深，因此更深地背弃
他的头发陷入黑暗
被拉得很长，然后卷曲
说不出是在烟气或是矮树木中
看见无头的马匹一闪而过
我感到局促不安。

透过微开的窗户
有时女人短暂的哭泣，蜷缩在那里
还不够弱小
此刻天空被遮蔽，像是有些异样

我对身边一个长发的男子说，我们找不到喝的

没有一片叶子是银子的。

醉

我看到醉带着女性化的身子，在松林间旋转
并不悲伤。

手指蘸着黏黏的糖果味，手指向天指着
半晌说不出话来
转身就看见他们做旧木工
把树锯得圆圆的，这些我都能想象。

必须去掉一些东西
纸隔着马车，才不会有更多
周身长满青苔的女性，像是经过了下雨，又滑又湿
骑着花踮脚，人比花轻
有些晃悠
醉在腹中旋舞，被叶片覆盖，变得慵懒
并且形成胎形。

这时已经更深了
且露水成冰，周围的神秘、危险与

孤独性

这一次醉屏住了呼吸，紧挨着我，等着我一手把它弄碎。

乡 村 录

我喜欢躺在一堆稻草，有马粪的味道
来到我梦中。
月光覆盖之下的树枝，又伸长了很多，有漆黑黑的
　　骨折声
然后我远远看见了水池
看见白长裙漂在清澈的水面。

我有时忘记了林子里的房屋
如果房屋很小，剪出的剪纸就乏味着，在身侧咳嗽
她们点十二根蜡烛，从楼上卜来
又走上了楼
她们跳摆手舞
疯狂的，焦灼的，或者牺牲的，双手抚胸。

马骨被丢弃
马骨越来越亮，叫人心慌
迅速转身
张大的耳朵

屏住了呼吸，它们的声音重新糅合在一起。

事情一件一件
挨个儿发生，我还是不能确定下来
直到稻草被吹走
直到我被困于风中，像是被人摇晃
和树一样挪不动身子。

遥　远

雨水叮叮当当打在童年的木马。

已经很多年了

看上去实在是太破旧了，我注意到木马还没有死

有时风从树顶吹下来

他就举着自己，把头冠摘下来，晃荡着，踩树叶
　　过来

变得阴郁

继而睡在雨水中。

我在遥远的地方还注意到大象躲着偷偷窥视

挨着树边，屁股没边，夹杂些许心虚

用鼻吃花

花盖在圆滚滚的身子

她是芳邻。好的时候，大象经过了我，当他们贴
　　近时

雨水接着停了

他们的眼睛变得一样，手臂抬高了，把树林抬得又
　　高又远

他们互相纠缠着，一会儿青色的一会儿灰色的，像

一团难以分辨的颜色
莫名其妙的
让人担心。

蜷　曲

有时她是女兽，在隔壁洗着衣服

不复计年

使我在梦中惊悸不定，她飘在空中，把戒指叮叮当
　　当地撒遍矮树林。

有时她身体里藏着另一个人

她伸出手

劈碎了马厩（我看见她动作慢得惊人），然后说到
　　家，家就随后消失了

我俯身察看马群的千变万化

最后是模糊不清。"雨天不合适交欢"

或者是"像湖水和冰，但是不一样"，我看见的

一些东西是难以言喻的。

那时我穿青布裰子

坐在田埂上，看着西边的落日，一直没有说话

身上慢慢产生了变化

变得衰老

我丢弃了她

拿着树枝跟在后面拣很多的马粪

还在餐桌边呕吐着，这些徒劳地耗尽了我的精力。

末　日

一开始手是够不着树叶，接着就放弃了跳跃。
在私底下处
出现过三次，但没有一次
身份是书中的女巨人。
我知道有这么一个人
在日夜寻找我。
只有我不停地喝酒，坐在下面听雨，一些声音循迹
　　而入，旧树林
忽然变得新鲜起来
新鲜得让人失忆，想不起树皮已经松开了。
有一段时间女巨人穿着蓝格子的裙子，翻过山冈
她拿着笤帚爬上了树
很忙碌的样子
她的左边蜷曲着身子
比蛇还漂亮。
我熟悉了她，时刻承受着她的压力，"夜里有那么
　　多无辜的人
像是从很远的地方过来"

所以我出门时就戴着奇怪的帽子
它使我迷雾般地隐去了身子。

肮脏的人在下午会老的

在梦中，我被丢弃在下午的树林中，这使我从小
产生巨大的恐惧。僵硬的木骨
猝然碎裂
是一片焦灼的
变得如此粗糙，像是喘息，撕扯着亚麻布。
如果没有风
我又怎么知道，是云朵包着撒灰者的身子
说要劫掠天空的财宝。
马车飞驰过去
树枝俯伏在两旁，有无数朵花在吃东西
花嗓子很好，微微发甜
围绕着变形的火焰，淡青色的，照亮了她的一小半
人们赤脚舞蹈，像是从天边过来的。
她弯下身拔草，或是照镜子，戴两个很大的耳环，
　在我的梦中
哐啷哐啷
近乎迷惘的神情，冷冷的，　"你要沿着流水走
　回去。"

我看见她漂浮着，在寂静的下午
肮脏的人把左手放在衣服下面
右手撒着死人的骨灰
白发滔滔。

失 眠 书

迎亲的人我只看见病身子，变成空心的银子走了
这使我想起
很久以前的事（与我每次想起的都有所不同）
或者是近景，这多像一个人
抱着海水回家。

我没有首饰给她，一面镜子隐去了她的脸庞。
桃木枝条上闪着水滴
有人喧哗，围着我的耳朵
四周是一堆被拆了的糖果店
被她一手复原了过来，变得宽敞而有毒
还有阴影的延伸。

"不必原谅我
我比你更熟悉你的哀伤。"独角兽嚼着手臂
背朝火堆和绿色，弥漫陌生的气味
她不断地给自己起一个新名字，把喂养的苍蝇拍死
然后放进另外一只。

最后有些困乏了
她收拢白皙的病身子，而我在旁边用木梳子
慢慢梳理着她的头发
那时迎亲的人在天上做了一群小海盗。

周　遭

阳光无法透过枝叶，树下开满穗花
被风吹落了些许
是我喜欢的穗花。我还能望见远处的
一层薄薄的烟云涌动。
而近处，她们堵在我的前面，水淋淋的，像是从岸
　　上爬上来
她们都不说话。
我伸出手，曲折，向上，隔着一些马
我感到我是一群人。
白日的睡眠显得沉甸甸的，"你若一味怀旧
就很快会消失。"
因此我不会对你提及那些
那些裙子，赤足，白羽
树林里乳状的光。（里面没有什么命运）
我只是搂抱着你
在哀伤中放弃了魔法。
她们当中无数的身子在树冠上游动，缓慢
拥挤不堪

也有人漫不经心
一会儿看看天色，一会儿看看别人的脸色
雨水再次来了，我转过身去了
我感到身下有另外的双脚。

纸　戏

我记得那一瞬，她独自与人群相向而行
淡红的胭脂
我觉得她像是纸上的人，周身蒸腾着乳房
很多人看了后就音讯全无
（后来她不再拥有变身术）
那些泡沫消失了
让我一个人四周回顾
仿佛在此之前，我惧怕过什么。
发白的旧瓷器，那时还十分发白
"用她的美妙缠住我。"
在水中
听见远处的树林声
像寂静本身
草叶密密麻麻，漫过山上的一块墓碑。
还有别的女人
低垂着头
那些灰，那么像灰尘的灰
一点点往高处飘

身旁有丢弃的木梯，"梦见采撷被乳房压覆的花儿。"

令人永不厌倦

任风吹动着她的裙子。